Karin Buchholz
Der Gaukler

1. Auflage 2015

Copyright © Karin Buchholz 2015
www.karin-buchholz.com

Es handelt sich um ein Werk der Fiktion. Ähnlichkeiten mit tatsächlichen Begebenheiten oder Personen, tot oder lebendig, sind nicht beabsichtigt und wären rein zufällig.

Die Deutsche Nationalbibliothek verzeichnet diese Publikation in der Deutschen Nationalbibliografie. Detaillierte bibliografische Daten sind im Internet unter *http://dnb.d-nb.de* abrufbar.

Layout & Satz: kopfüber : grafikdesign, Hamburg
Sämtliche Rechte vorbehalten
Herstellung und Verlag: Books on Demand, Norderstedt
Typografie: Adobe® Garamond Pro

Dieses Buch ist als ebook und in folgenden Printausgaben erhältlich:
Hardcover   ISBN 978-3-7347-8828-4
Paperback   ISBN 978-3-7347-8829-1

Karin Buchholz

Der Gaukler

Seiltänzer, Gaukler & Feuerschlucker
TANDERADEI

Wie oft schon hatte er sich gewünscht, mit dem fahrenden Volk davonzuziehen, in einem der bunten Wohnwagen zu leben, nachts begleitet von Grillenzirpen und Sternenfunkeln auf einer Lichtung oder Wiese Platz zu finden und den nächsten Tag mit einem frühen Bad im nahen See oder Fluss zu beginnen; zum Klang von Schalmeien und Tamburines in bunten Horden durch die Straßen der Stadt zu ziehen und auf ihrem Weg immer neue Menschen zu verzaubern …

Wie oft war er in seinen Träumen einer von ihnen gewesen, hatte die Welt vor dem Waggonfenster vorübergleiten sehen – nichts festhalten, nicht festgehalten werden –, hatte seinen Träumen Raum in einem Zirkuszelt gegeben ohne Angst, sie könnten ihm davonfliegen.
Er hatte davon geträumt, das Strahlen in den Augen aberhunderter großer und kleiner Kinder im eigenen Innern ein Feuer entfachen zu lassen – immer wieder aufs Neue. Eine Glut, die nie verglimmt, nie verschüttet wird. Ewiges Feuer. Inneres Licht.

Beim Gedanken daran kribbelte seine Haut. Ein Prickeln und Flattern war in ihm. Er konnte nicht mehr still sitzen. Er sprang auf und durchmaß die ganze Wohnung: Stube – Küche – Diele – und von vorn. Nur nicht sitzen! Nur das Feuer nicht wieder verglimmen lassen!

Der Zirkus ist in der Stadt!

DER JUNGE

„Jakob, komm schon. Du musst Dich beeilen …!"
Die Stimme seiner Mutter mahnte ihn wie jeden Morgen zur Eile. Doch Jakob war noch nicht bereit. Nicht, dass er noch im Bett läge: nein! Seit Stunden schon war er wach, hatte sich die Zähne geputzt, geduscht, war fertig angezogen und selbst sein Ranzen war schon gepackt. Doch seither lag er bäuchlings in der Mitte seines Zimmers, umringt von bunten Spielfiguren, die auf einer großen Lichtung – seinem Teppich – begannen, eine Stadt zu bauen. Bausteine, kleine Schachteln und Papprollen ragten Türmen und Häusern gleich in die Luft, Menschen bevölkerten die Straßen, es war ein buntes Treiben. Und jetzt gerade fuhren die bunten Waggons eines Zirkus' mitten durch die Stadt. Gebaut aus Zeichenkarton, in stundenlanger Arbeit bunt beklebt und bemalt mit allen Farben seiner Phantasie, zogen sie bis ans Ende der Stadt. Dort, geschützt am Waldrand – einem Feld von Zahnstochern, auf denen wirr verwobene grüne und rotbraune Wollfäden das Laub darstellten – machten die Gaukler halt und errichteten eine Wagenburg. Hier würden sie für ein paar Tage rasten und die Menschen mit ihren Kunststücken in ihren Bann ziehen. Und wohlmöglich würde sich ihnen der ein oder andere anschließen und mit ihnen weiterziehen …

Jakob wäre gewiss einer von ihnen!

„Jakob, jetzt mach schon!" Die Mutter trat ins Zimmer. „Ach, Junge! Du hast noch nicht mal gefrühstückt, und wir müssen los. Komm jetzt!" Sie beugte sich zu ihm hinunter und zog ihn am Arm. „Schau nur, ein Zirkus ist in der Stadt", sagte Jakob und zeigte auf die gerade errichtete Wagenburg, doch die Mutter zog ihn schon mit sich davon. Im Gehen griff sie nach dem Ranzen und zerrte den Jungen eilig hinter sich die Treppe hinunter. „Wir haben dafür keine Zeit! Zieh Deine Jacke an, setz die Mütze auf. Dein Frühstück habe ich Dir eingepackt. Ich fahre Dich zur Schule, und in zwanzig Minuten muss ich im Gericht sein."

Das Leuchten in Jakobs Augen war verschwunden. Eben noch hatte er in einer bunten, magischen Welt gelebt, dort gebaut, erschaffen, sich lebendig gefühlt – und nun war es einfach wieder nur ein neuer Morgen, wie jeder andere auch. Er seufzte, während er sich widerwillig Jacke und Mütze anzog. Seine Mutter war schon zur Tür hinaus, und er hörte sie die Wagentüren öffnen. „Jakob – komm jetzt! Mach die Tür hinter Dir zu!"

Jakob war ein guter Schüler. Er war aufmerksam und intelligent. War er erst einmal in der Schule, dann machte ihm das Lernen Spaß, er war neugierig und wollte alles ganz genau wissen. Die Lehrer waren nett, mit seinen Klassenkameraden allerdings hatte er nicht viel gemein. Sie tobten in den Pausen auf dem Schulhof, spielten Fußball, ärgerten die Mädchen, spielten den Lehrern Streiche – alles, was Kinder in ihrem Alter so taten. Jakob aber saß irgendwo und las. Nein: er versank regelrecht zwischen den Buchstaben, Zeilen und Buchdeckeln. In seinem Kopf entstanden dabei Bilder – er *sah*, worüber er las. Es war, als würde die Handlung auf einer großen Leinwand gezeigt, er hörte, was die Charaktere sprachen, weniger als dass er es las. Er roch und schmeckte, was sie rochen und schmeckten, er hörte jedes noch so kleine Geräusch. Er tauchte so tief hinein in die Geschichten, dass sie wahrhaftig wurden, real.
Und nur mühsam konnte das aufdringliche Schrillen der Schulglocke ihn aus dieser phantastischen Welt der Wunder zurückholen.
„Er ist ein Träumer", sagte sein Vater, und sein missbilligendes Kopfschütteln tat Jakob weh. „Er muss irgendwann aufhören, sich davonzuträumen. Das Leben funktioniert so nicht!" Immer sprach sein Vater *über* ihn – niemals *mit* ihm.

Sein Vater war Richter, seine Mutter Staatsanwältin. Beides Menschen also, die anderen schon von Berufs wegen sagten, was sie tun durften und was nicht. *Sie* waren es, die entschieden, ob etwas oder jemand gut war oder böse. Ob das, was er tat, richtig war oder falsch. Ob er in die Gesellschaft passte oder nicht.

Jakob passte offensichtlich *nicht* in die Gesellschaft. Träumer waren dort nicht erwünscht. Nur Menschen, die immer ganz bei der Sache waren, immer alles gründlich bedachten, keine Fehler machten.
Jakob machte Fehler. Jakob dachte oft nicht nach – nicht, dass er nicht gewusst hätte, was richtig oder falsch war. Nein, er hatte sogar einen sehr ausgeprägten Sinn dafür. Jakob machte Fehler, weil er in seinen Gedanken ganz woanders war. Er erlebte Dinge, die andere Menschen – und besonders seine Eltern – gar nicht sahen. Er hörte die Gespräche der Zirkusleute, während sie ihr großes, buntes Zelt aufrichteten (jenes, das er ihnen aus bunten Servietten und Schaschlikspießen gebaut hatte). Er hörte ihr Lachen, sie erzählten ihm ihre Geschichten, und dabei vergaß er, dass er schon vor einer Viertelstunde zum Essen gerufen worden war. Er vergaß einfach, dass

er bei der Nachbarin ein Paket für seine Mutter abholen sollte. Er vergaß… einfach alles um sich herum.
Und, ja, es tat ihm leid. Er entschuldigte sich bei seiner Mutter, bei seinem Vater. Doch beide schüttelten nur tiefbesorgt die Köpfe und sagten, sie wüssten einfach nicht, wo das noch hinführen sollte mit ihm …

Es führte schließlich in ein Internat, in dem ebenso grausam wie systematisch jeder kleinste Ansatz, jeder Funken von Phantasie noch im Keim erstickt wurde. „Harte Schule" nannte sein Vater das und das Lächeln, das dabei seine Mundwinkel umspielte, war nicht zu übersehen. Wie sehr er seinen Sohn mit diesem Lächeln verletzte, entging ihm dabei. „Endlich gibt es Mittel und Wege, ihn zu einem nützlichen Mitglied der Gesellschaft zu machen. Dort kennt man kein Pardon mit Träumern und Luftikussen!" Sein Vater war äußerst zufrieden. „*Niemand* kann es sich leisten, mit dem Kopf in den Wolken zu leben. Und ganz bestimmt nicht *unser Sohn*!"
Und das war er an allererster Stelle: ihr Sohn. Nicht Jakob, nicht er selbst. Er war nicht der Häuptling eines imaginären Indianerstammes, der in einer Höhle unter seiner Kommode sein

Lager aufgeschlagen hatte. Er war nicht der Herrscher eines Volkes aus Plastikfiguren, nicht Kommandeur einer Armee von Spielzeugsoldaten. Er war ihr Sohn, und so hatte er sich zu verhalten.

Es gab nichts zu diskutieren. Alle Entscheidungen waren bereits getroffen, alle Unterschriften geleistet. Von nun an sollte Jakob seine Eltern nur noch zweimal im Jahr sehen – eine Woche in den Sommerferien (den Rest der Ferien würde er „arbeiten um etwas zu lernen") und eine Woche zu Weihnachten. Es waren seltsame, stille Aufeinandertreffen. Es gab ja auch nichts zu sagen zwischen ihnen. Und selbst das Wenige wurde von Jahr zu Jahr noch weniger. Jakob, der so reich an Wörtern war, ihm blieben sie im Halse stecken, fanden keinen Weg hinaus. Es hatte wohl nie wirklich etwas zu sagen gegeben zwischen ihnen.

Im Internat war Gehorsam oberstes Gebot. Noch vor der Vermittlung von Lernstoff standen stets die widerspruchslose Unterordnung und das Befolgen der über Jahrhunderte überlieferten Regeln und Vorschriften. Der Lehrplan war umfangreich, die Lehrerschaft setzte sich aus namhaften Persönlichkeiten zusammen. Aus diesem Traditionshaus waren schon viele gelehrte Köpfe hervorgegangen, und es gab keinen Zweifel daran, dass diese Tradition auch in Zukunft mit aller gebotenen Härte und Strenge aufrechterhalten werden sollte.

Jakob überlebte das Internat. Seine Intelligenz und seine Neugierde waren seine Verbündeten, wenn es darum ging, verpassten Lernstoff schnell aufzuholen, weil er wieder einmal einen unbemerkten Moment zum Geschichtenerfinden statt zum Lernen genutzt hatte.

Von einem Lehrer in Lagerräume auf Dachboden oder Keller geschickt, um einen Globus, eine Landkarte oder anderes Lehrmaterial zu holen, entdeckte man ihn tief versunken vor einer Weltkarte, auf der er mittels Zeigefingerroute auf Weltreise gegangen war. Er versank über allen möglichen Anschauungsobjekten, die das Leben fremder Völker und Kulturen dokumentierten, in geheimnisvollen Abenteuerträumen und Weltumsegelungen, führte im Geiste Schlachten nach und nutzte jede sich bietende Gelegenheit, der Internatsrealität zu entkommen.

Die Folge waren zunächst Hausarreste, die aber einzig seine Flucht in seine Traumwelten begünstigten. Bei einem dieser Hausarreste lernte er schließlich Moritz kennen, einen Jungen, dessen

Phantasie ebenso unermesslich schien wie sein Talent, die Bilder, die in seinem Inneren entstanden, aufs Papier zu bannen. In den detailgenauen, phantasievollen Zeichnungen fand Jakob all seine eigenen Träume wieder. Moritz konnte ganze Welten mit ein paar Bleistiftstrichen entstehen lassen, sie nach freiem Willen verändern, ganze Geschichten neu und immer wieder neu erzählen. Jakob war fasziniert von diesem Jungen, seinem Reichtum an Talent und Phantasie, den Möglichkeiten, die er hatte und die er auch ihm, Jakob, zugänglich machte. Moritz hatte immer einen Zeichenstift und Papier in seiner Tasche – wo er ging und stand erschuf er neue Welten, kleine Skizzen, bisweilen irgendwo in Kellern oder Waschräumen an die Wände gekritzelt, weil man ihm wieder einmal das Papier weggenommen hatte. Moritz fand immer einen Weg, war nicht vom Zeichnen und Schaffen abzubringen.

Schon bald schlossen die beiden Jungen Freundschaft. Zwei Außenseiter in einer Internatswelt der Konformisten. Jakob beneidete Moritz: der Grund für seinen Internatsaufenthalt war nicht, ihm Zucht und Ordnung beizubringen. Seine Eltern waren als Konsulatsbeamte nach Fernost versetzt worden und wollten lediglich, dass Moritz seine Ausbildung in der Heimat abschloss. Dann würde er ihnen nachreisen – für ihn war es also eine Art Gefängnis auf Zeit. Jakob dagegen wusste, dass es für ihn auch nach dem Internat niemals so etwas wie geistige oder künstlerische Freiheit geben würde. Er spürte, dass seine Seele auf immer gefangen sein würde zwischen Vorschriften und den übermächtigen Vorstellungen anderer Menschen.

Nicht so Moritz. Er lebte seine Kreativität, und die Bestrafungen, die darauf folgten, prallten auf wunderbare Weise an ihm ab. Natürlich hasste auch er die endlosen Nächte im Karzer, natürlich sehnte auch er sich nach Tageslicht und frischer Luft, wenn wieder einmal ein Hausarrest über ihn verhängt wurde. Aber es war, als würde seine Seele beständig Nahrung aus einem anderen, unsichtbaren Speicher beziehen. Jeden seiner Briefe an die Eltern illustrierte Moritz, er erzählte ihnen seinen Internatsalltag so als wäre es eine Geschichte, ein Buch. Damit hielt er einerseits die Geschehnisse auf Distanz zu sich und sie transformierten sich in etwas Kreatives. Er konnte so aber auch jemandem davon berichten und erhielt Antwort in Form wundervoller, ermutigender Briefe voller Liebe und Anerkennung.

Eine Anerkennung, die Jakob niemals erfahren sollte. Keine Briefe, keine Fragen, keine Liebe. Und das war es, das schließlich alles in ihm ersticken sollte.

Die Jungen verbrachten viel Zeit miteinander. Jakob hatte einen Freund – einen nie gekannten Mitwisser, Mitstreiter in Sachen Phantasie. Sie erschufen ganze Traumwelten – Jakob mit Worten und geschickten Fingern, Moritz mit zauberhaften Bildern und Figuren. Vorsichtig ausgeschnitten und auf Pappe geklebt, bevölkerten sie die heimlichen Treffpunkte der Jungen, und so gelang ihnen – zumindest in den Köpfen und zumindest auf Zeit – immer wieder die Flucht aus der Realität.
Sie wurden schließlich getrennt – Jakob, der Träumer und Moritz, der Zeichner. Die immer schärferen Sanktionen, Züchtigungen und Strafarbeiten minimierten schließlich ihre freie, gemeinsame Zeit einzig auf die Nächte im Schlafsaal, in denen aber ihre Gedanken und Träume laut von den Wänden widerzuhallen schienen. Und so lernten die Jungen mit der Zeit, aus Angst vor neuerlicher Entdeckung und Strafe auch ihre Träume zu unterdrücken.

Auf Veranlassung von Jakobs Vater, der natürlich über die Vorfälle im Internat informiert wurde, erhielt Moritz diverse Verweise, etwa wegen „Anstiftung zum Unfug", „Ablenkung und Störung seiner Mitschüler" oder hergesuchter, obskurer Vergehen, die keine waren. Und die Kampagne zeigte schließlich Wirkung: Moritz' Eltern entschlossen sich, den Jungen doch noch vor dem Schulabschluss aus dem Internat zu nehmen und seine Ausbildung im Ausland zu beenden. So verlor Jakob seinen einzigen Verbündeten, und von nun an gab es kein Entrinnen mehr.

Die Momente der geistigen Freiheit wurden immer weniger. Er stand unter immer strengerer Beobachtung, und so vergingen ihm mit der Zeit auch seine Geschichten. Die Neugierde wurde zu Disziplin und sein gesunder Menschenverstand wich Regeln und Paragraphen. Mit den Wörtern, die er nicht mehr sprach, blieben auch die Geschichten aus. Seine Träume färbten sich schwarzweiß, wurden durchscheinend und unscharf und verblassten schließlich ganz.
Phantasie, die keine Zeit bekommt, zaubert nichts mehr hervor. All ihre Blüten, einst bunt und mannigfaltig, verdorren und zerfallen zu Staub.
Bücherstaub. Aktenstaub. Seelenstaub.

Keines der Wörter – einst purpurn und voller Sinn – vermochte noch in Jakobs Innerem etwas zum Klingen zu bringen. Seine Welt der Träume und Farben zerbrach in eine Welt, in der nur Tatsachen zählten, unwiderlegbare Fakten das Leben bestimmten.

Und so ergraute Jakob früh an Jahren – innerlich wie äußerlich. Er alterte vor seiner Zeit und das Leuchten in seinen einst so funkelnden Augen erlosch.

Als er als junger Mann das Internat verließ, glich er seinem Vater bis aufs Haar und musste zu einer Justizlaufbahn nicht mehr überredet werden. Ganz selbstverständlich machte er Karriere – dieselbe Karriere, die schon sein Vater gemacht hatte. Seine Welt bestand aus haargenau demselben Aktenstaub wie die seines Vaters, und das oberste Gebot jeden Tages war Disziplin, Disziplin und noch einmal Disziplin.

DER MANN

Jakob machte Karriere. Zielstrebig und unaufhaltsam. Jüngster seiner Abschlussklasse. Jahrgangsbester. Examen mit Auszeichnung. Belobigungen, Ehrungen und Titel markierten seinen Weg die steile Erfolgsleiter hinauf, und wenn es ihn auch nicht mit Freude oder gar Glück erfüllte, so doch mit hinreichend Genugtuung, dass er sich selbst nicht mehr in Frage stellte. Er war ein würdiger Nachfolger seines Vaters, dessen Fußstapfen eines Tages nicht zu groß für ihn sein würden. Endlich war er gut genug. Gut genug in den Augen seines Vaters. Gut genug in der Gunst seiner Vorgesetzten. Gut genug, sich an noch Größerem zu messen.
Weder Vater noch Mutter mussten ihm Wege ebnen, durch Beziehungen Türen öffnen oder ihn gar den richtigen Leuten ans Herz legen. Jakob schaffte es allein. Der Träumer von einst brauchte niemanden, war niemandes Protegé und damit niemandem zu Dank verpflichtet. Der Aktenstaub in seiner Seele brachte mit den Jahren nur eine einzige, kalte Blüte hervor – eisgraue Kelche tiefverinnerlichten Stolzes, der nichts und niemanden, kein Versagen entschuldigte und der nicht zuließ, dass er jemandem etwas schuldig war.
Seine Familie hatte dem Träumer nicht geholfen. Der Realist brauchte ihre Hilfe nicht mehr.

Die Entfremdung fraß sich schnell durch die hauchdünne Schicht aus Respekt, die für einen kurzen Moment zwischen ihm und seinen Eltern gewesen war. Jakob brauchte keinen Respekt von ihnen. Er hatte vor sich selbst genug Respekt. Sie hatten seiner Seele die Farben ausgetrieben, doch nicht einmal die Erinnerung daran war noch übrig geblieben. Er spürte nicht mehr, was ihm genommen worden war, und so spürte er auch keinen Zorn. Überhaupt war da keinerlei Emotion in ihm, nur Kalkül und Verstandesdenken. Und so verließ er schließlich ein zweites Mal das Elternhaus, nur dass er diesmal nicht einen einzigen Blick zurückwarf.

Seine Eltern starben, kurz nacheinander innerhalb weniger Monate, mit erstarrten, einsamen Herzen und ohne ihren Sohn noch einmal zu sehen. Statt zur Beisetzung zu gehen, wohnte er einer Gerichtsverhandlung bei. Eine Sekretärin ließ in seinem Auftrag zwei weiße Rosen zum Grab liefern – mehr hatte er seinen Eltern nicht zu geben. Nie besuchte er ihr Grab und sein Leben nahm teilnahmslos seinen weiteren Lauf, ohne jegliche Erschütterung und ohne auch nur einen Takt seines inneren Metronoms auszusetzen.

Dieser Taktgeber bestimmte Jakobs Leben, das nur aus Arbeit bestand. Er hatte vergessen, was Zeit war – echte, wirklich lebendige Zeit, die man mit sich selbst verbrachte – tagzuträumen, zu phantasieren … Er schätzte die Anwesenheit von Fallakten weitaus mehr als die eigene und ging sich routiniert und bestmöglich aus dem Weg. Natürlich wuchsen auf diesem Boden auch keine Freundschaften. Niemand kam ihm je wieder nah genug, als dass ihm der Mensch hinter den Vorschriften und Paragraphen noch aufgefallen wäre.

Einzig eine junge, ehrgeizige Anwältin erregte irgendwann seine Aufmerksamkeit – ihre strategische Verhandlungsführung, ihre lückenlose Fallkenntnis und ihr emotionsloses Auftreten vor dem Richtertisch nötigten ihm Respekt ab. Sie trafen sich schließlich auch abseits des Gerichtsgebäudes – beide sahen etwas ineinander – unverklärt und rational: sie sah in ihm eine weitere Sprosse auf ihrer Karriereleiter und er sah sein Spiegelbild in ihr. Das einzige Spiegelbild, das er ertragen konnte.

Ihre Begegnungen gaben ihm eine seltsame Bestätigung. Nicht, dass er einer Bestätigung bedurft hätte – sein Erfolg war schließlich der offenkundige Beweis, dass er den richtigen Weg eingeschlagen hatte. Und dennoch beruhigte ihn die Tatsache, dass es noch einen anderen Menschen seines Schlages gab, auf seltsame Weise.

Die junge Kollegin machte unaufhaltsam Karriere und schlug schon nach kurzer Zeit neue Wege ein. Jakob hatte schon bald seine Aufgabe erfüllt und wurde abgelegt, wie eine alte Fallakte. Doch es berührte ihn nicht. Ein kurzer Stich, als sie ihn fallen ließ, dann kehrte wieder der Alltag ein und nichts erinnerte mehr daran, dass es für eine Weile ein Leben außerhalb der gewohnten Routine gegeben hatte.
Sein Spiegelbild – entfernt genug von seiner Seele, dass es keine Bindung zwischen ihnen gab – war fort. Mehr nicht. Wiederum verlor das innere Metronom nicht seinen unerbittlichen Takt.

•⁚

Doch in der Folge begann Jakob nachts zu träumen. Plötzlich und unerwartet begannen sich in den Nächten Bilder in seinem Kopf zu bewegen. Schwarzweiße Schlieren, konturlose Wesen suchten im Schlaf seine Nähe und hinterließen seltsam beunruhigende Erinnerungsfetzen, wenn er erwachte. Immer häufiger und immer bedrohlicher wurden diese Träume, Fieberträume, aus denen es für Jakob kein Entrinnen gab. Nacht für Nacht waren sie da, die grauen Unbekannten. Er hörte sie Unverständliches sprechen, und auch wenn er sie nicht verstand, so wusste er doch mit der Gewissheit des Träumenden, dass sie über ihn sprachen. Er rief nach ihnen, schrie, sie sollten näher kommen und sich zeigen, doch sie entwichen ihm als würde er in nächtliche Nebelschwaden greifen. Allein ihre Bedrohlichkeit blieb.

Die Gestalten wurden übergriffig und begannen, auch tagsüber in seinem Kopf zu wabern und zu murmeln. Ihre Stimmen verfolgten Jakob und mit ihnen das Gefühl, dass über ihn gesprochen wurde. Doch von wem? So sehr Jakob sich auch mühte, er konnte keine Gesichter erkennen, keine der Stimmen war ihm vertraut. Nie gekannte Furcht und Paranoia nahmen in der Folge von Jakob Besitz, er begann, sich auf seinen Wegen panisch umzusehen, fühlte sich gehetzt, verfolgt und ohne Grund kritisiert. Sein Umgangston wurde schroffer, er stieß die Menschen mehr denn je vor den Kopf und es gab bereits Gerüchte, er würde den Verstand verlieren.
Und tatsächlich spürte er zum ersten Mal in seinem Leben Angst. Angst, gänzlich die Kontrolle

zu verlieren. Es war die abgrundtiefe Angst eines Menschen, dessen ganzer Besitz nur im Außen lag. Einem Außen, das der Welt schutzlos ausgeliefert war. Ein Besitz, dessen Vergänglichkeit offenkundiger nicht sein konnte, der er sich aber bisher nie bewusst gewesen war. Er war verletzbar, nein: morbid. Alles, wonach er je gestrebt, wofür er je gearbeitet hatte, zerfiel am Ende zu Staub. Zu eben jenem Aktenstaub, den er in all den Jahren in sich und seinem Leben angehäuft hatte. Die nächtlichen Nebelschwaden waren in Wahrheit Wolken aus Staub, in denen es nichts festzuhalten gab. Alles zerrann zwischen seinen Fingern – sein Erfolg, seine Arbeit, sein ganzes Leben.

Immer hilfloser sah er sich diesem schleichenden, bedrohlichen Strudel ausgeliefert, und so musste der Erfolgsmensch Jakob erstmals die bisher ungekannten Kränkungen des Misserfolgs hinnehmen, musste sich eingestehen, versagt zu haben. Er gewann wichtige Prozesse nicht mehr, Klienten und Kollegen, die zunächst an eine unglückliche Phase geglaubt hatten, wandten sich schließlich ab. Von ihm war nichts mehr zu erwarten. Dieselbe Welle, die ihn während seines kometenhaften Aufstiegs getragen und beständig vorangespült hatte, drohte nun, ihn zu verschlingen, und Jakob konnte dem nicht das Geringste entgegensetzen. Hilflosigkeit – das Schlimmste, das einem Erfolgsmenschen passieren konnte. Das, worauf er niemals gefasst gewesen war: ausgeliefert zu sein.

Doch eines Nachts sollte er erkennen, wie sehr ihm gerade dieses Gefühl vertraut war:

Inmitten von Nebel und Stimmengewirr einer neuerlichen Heimsuchung hatte er das Gesicht seines Vaters entdeckt. Er war der Redelsführer! Er war es, der den Stimmen immer neue Nahrung gab! Er war es, der noch immer *über* ihn redete, statt *mit* ihm. Sein Vater, seit so vielen Jahren tot und für Jakob vermeintlich vergessen, hatte sich wieder seiner bemächtigt und erstickte ihn erneut. Sein Würgegriff aus Autorität und haushoher Überlegenheit raubte Jakob den Atem. Er rang nach Luft, suchte seinen Vater abzuschütteln.

Doch er selbst war das Ebenbild seines Vaters geworden. Wie sollte er sich selbst abschütteln? Konnte man sich von sich selbst befreien?

∴

Jahre vergingen. Es waren einsame Jahre, in denen Jakob sich mehr und mehr zurückzog. Geld besaß er genug und zusammen mit dem Erbe seiner Eltern reichte es aus, ihn zu ernähren. Jakob brauchte nicht viel. Er hatte sich in der Einsamkeit seiner Wohnung vergraben – nie hatte ihm der Sinn nach einem großen Haus oder gar Ländereien gestanden, und so lebte er nun seit beinahe vierzig Jahren in diesen drei Zimmern. Lieblos und spartanisch eingerichtet waren sie ein Spiegelbild seiner Seele. Seit Jahr und Tag wurden ihm einmal in der Woche die Lebensmittel geliefert. Es gab also keinen Grund, die Wohnung zu verlassen. Er hatte nahezu jedes Buch seiner umfangreichen Bibliothek gelesen, gab damit seinem Geist Nahrung, während er seinen Körper vernachlässigte, ja: vergaß. Seine Welt maß knapp fünfzig Quadratmeter. Sie war alt und verstaubt wie er selbst. Die Fenster waren blind, aber er sah ja ohnehin nicht hindurch, um etwas von der Welt da draußen zu erfahren. Außerhalb dieser Mauern existierte nichts mehr.

Die Träume und Stimmen verfolgten ihn weiter. Seitdem allerdings das Gesicht seines Vaters darin aufgetaucht war, hatten sich die anderen Schemen verändert. Auch sie hatten nun Gesichter –

Gesichter von Kollegen, Opfern und Tätern seiner Strafgerichtsfälle, sogar Mitschüler und Lehrer seiner Internatsjahre waren ihm begegnet. Ja, sogar Moritz entdeckte er. Inmitten all der Düsternis malte er stoisch Kulissenbilder und schien ihn nicht mehr zu erkennen. All diese Begegnungen waren dunkel und bedrohlich, immer fühlte er sich verspottet, verfolgt und ausgestoßen. All diese Gesichter zeigten nur Verachtung, aus ihren Mündern quoll Häme und Spott und er konnte sich dessen nicht erwehren. Stets floh er in seinen Träumen vor ihnen, rannte, bis ihm die Lungen brannten und er keuchend in nassen Laken erwachte, glücklich, seinen Verfolgern auf diese Weise noch einmal entkommen zu sein. Nie gab es auch nur eine einzige Stimme, die ihn zu verteidigen suchte. Nie gab es Fürsprache, Verständnis oder Schutz. Jeder Angeklagte hatte das Recht auf einen Anwalt, nur ihm gestand man keinen zu.

Allein ein einziges Gesicht blieb in jedem seiner Träume stumm: Ein alter Mann stand abseits der Menge und beobachtete ihn, Jakob, so als warte er, was als nächstes passieren würde.
Mit der Zeit begann Jakob, in der skandierenden Menge nach diesem Gesicht zu suchen. Er suchte

nach den Zügen des Mannes, der ihm zwar nicht zu Hilfe kam, doch er spürte, dass von ihm auch keine direkte Gefahr ausging. Immer häufiger lief er in seine Richtung, doch stets löste sich das Gesicht in grauen, undurchdringlichen Nebel auf, bevor er den Mann erreichte.

Und dennoch blieb nach diesen neuen Träumen ein bisher nie dagewesenes Gefühl der Hoffnung zurück. Das Gesicht schien vertraut, auch wenn Jakob dem Mann nie begegnet war. Immer wieder forschte er in seinem Gedächtnis, woher er ihn kennen könnte, doch er fand nichts. Absolut nichts. Und doch hoffte er jede Nacht, der Mann würde wieder da sein. Er spürte seltsam klar, dass ihm nichts passieren würde, solange der Alte dort wäre …

DER ALTE

Immer wieder erscheint ihm der Alte im Traum. In seinem Mantel steht er da, dunkler Anzug, Fliege, die Hände in den Taschen verborgen, abseits des Geschehens. Doch immer ist sein Blick verständnisvoll und flößt Jakob mit jeder Nacht mehr Vertrauen ein. Er nähert sich dem Alten vorsichtig, immer nur ein wenig, aus Furcht, ihn erneut zu verlieren. Er ist der einzige Halt in diesem unendlichen Strudel seiner Träume. Er wird sein Rettungsanker, und so folgt Jakob dem Alten. Mit jedem Schritt wächst sein Vertrauen und nach endlosen Wochen und Monaten der nächtlichen Heimsuchung beginnen die Stimmen aus Wut und Anklage, aus Hass und Verachtung allmählich zu verstummen. Ganz langsam treten die Stimmen dieser verwundeten, schreienden Seelen in den Hintergrund und Jakob wird Teil der Stille, die den Alten umgibt. Es ist eine wohltuende Stille, eine heilende Stille, die seinen Nächten endlich wieder Erholung zu geben vermag.

Jakob sinkt ein in diese Stille und ihm scheint es, als stünde er am Rande eines guten, langersehnten Todes: endloser Frieden, seine Seele findet Ruhe und da ist dieser Platz, an dem er endlich bleiben darf. Er spürt, wie sehr er sich nach diesem Ort gesehnt hat. Lange schon – unendlich lange. Hier ist Erlösung.

Die Stille umgibt Jakob, und er gibt sich ihr hin. Seit einigen Tagen schon hat er das Bett kaum verlassen – sein Körper ist erschöpft wie nach einer langen Krankheit und Jakob wünscht sich nichts mehr, als einfach so bleiben zu dürfen. Einfach bleiben und auf das Ende warten – nein: nicht darauf warten: einfach wehrlos dahingehen …

In einem Traum – Jakob kann hinterher nicht sagen, ob es tags oder nachts geschah – trifft er wiederum auf den Alten. Statt Anzug und Mantel trägt der Mann ein farbenfrohes Harlekinskostüm und mit jedem Schritt erklingen Schellen an seinen Fesseln … ein seltsames, verzaubertes Klingeln, dem Jakob widerstandslos folgt. Der Alte lächelt, als er sieht, dass Jakob ihm nachgeht, und schließlich winkt er ihm auffordernd mit der Hand – *Komm! Komm! Folge mir!*

Er folgt dem Alten auf eine mondbeschienene Lichtung, auf der tausend und abertausend Seifenblasen schweben – riesige ebenso wie winzig kleine – jede einzigartig, tanzen sie um den Alten herum. Und auch Jakob findet sich inmitten der Seifenblasen wieder. Durch sie hindurch entdeckt er die leuchtend blauen Augen des Alten, die ihn mustern, ja geradewegs mitten in ihn hinein-

schauen. Diese Augen blicken ohne Wertung, ohne Kritik, ohne Anklage und inneres Kopfschütteln. Diese gütigen Augen blicken direkt in sein Herz, das sich wärmt unter dem Blick des Alten, der ihm so vertraut ist, als würden sie sich ein Leben lang kennen …
Eine schillernde Seifenblase tanzt vor Jakobs Gesicht – gleich einer Aufforderung zum Tanz schwebt sie dahin. Jakob möchte sie berühren. Er streckt die Hand aus, und zu seiner Verwunderung nimmt die Seifenblase ganz selbstverständlich darauf Platz. Sie ist federleicht, glatt, weich, warm – vertraut … Nach einer Weile atemlosen Staunens traut Jakob sich schließlich, sie hochzustupsen, und in dem Windzug, den sein Arm dabei verursacht, schwebt sie zusammen mit einem ganzen Schwarm weiterer Seifenblasen in Richtung Himmel davon. Lebendig. Schwebend. Jakob schaut ihr nach und erst nach einer ganzen Weile bemerkt er, dass auch er zu schweben begonnen hat. Er schwebt, inmitten eines Meeres aus gläsernen Blasen, über einer immer kleiner werdenden Erdkugel. Jede Seifenblase spiegelt eine andere, wundersame Welt, über die sich ein farbiger Regenbogen aus schlierigem Seifenschaum spannt. Wunderschön. Faszinierend. Hypnotisch.

Diese abertausend kleinen Regenbögen schillern in allen nur möglichen Farben – Jakobs Träume haben das Schwarzweiß verloren. Die Welt, die Jakob von hier oben sieht, ist bunt und er spürt, wie auch er sich von seinem schweren, grauen Trauerkleid löst. Einmal abgestreift, sinkt es aus der Höhe zu Boden, wird kleiner und kleiner und verschwindet schließlich ganz aus seinem Blick.
Seifenblasen nehmen Platz auf seinen Schultern und Armen, auf seinem Kopf. Sie schweben mit ihm und er mit ihnen. Immer ferner rückt die Welt unter ihm, und sein Körper fühlt sich wieder jung und leicht. Jakob streift sein altes Leben ab und wird wieder Kind unter Kindern.
Er genießt die Reise durch Luft, Zeit und Raum – er schwebt in einem Gefühl der absoluten Freiheit – alles ist möglich, nichts verboten, das spürt er tief in seinem Innern. Hier, in dieser Welt aus Seifenblasen, blauem Himmel und Leichtigkeit, hier, losgelöst von allem Erdenschweren, hört er sein Herz schlagen. Das Herz des Wolkenreiters. Diesen vertrauten, ebenmäßigen Klang, der ihm sagt, dass er lebt. Nein: er spürt es in allen Gliedern: er lebt! Lebt in einem Maße und mit einer Wucht, die er niemals zuvor gespürt hat und die er sich vorzustellen nie im Stande gewesen wäre. Er lebt!

Als Jakob erwacht, fühlt er sich noch immer federleicht. Seine Seele und sein Herz sind schwerelos, kaum dass seine Beine seinen Körper tragen würden. Noch nie hat er sich so frei gefühlt …
Oder doch? Da ist ein Gefühl von Vertrautheit, von Erinnern in ihm. Es gab eine Zeit – verschüttet und vergessen – da war dieses Gefühl schon einmal ein Teil von ihm. Wenn er sich nur erinnern könnte …

Zum ersten Mal nach Wochen und Monaten verlässt er seine Wohnung. Er isst. Er trinkt. Eigentlich so selbstverständlich und doch: Nun schmeckt er etwas dabei. Zum ersten Mal seit unendlich langer Zeit. Die Blumen duften, Tau liegt auf dem Gras, die Sonne wärmt sein Gesicht, Vögel singen und Jakob entdeckt noch einmal, was es heißt zu leben. Mit allen Sinnen, aus vollem Herzen, grenzenlos und frei.
Auf dem Rückweg isst er Kirschen. Bei einem Marktverkäufer erstanden, in eine braune Tüte gehüllt, liegt dieser blutrote Sommer in seinem Arm, als er das Geld für eine Zeitung auf den Tresen des Kiosks legt.
Zuhause wird er Kirschen essen und Zeitung lesen, und es klingt selbst in seinen Ohren banal – und wunderbar zugleich. „Nur wer lebt, isst Kirschen. Nur wer lebt, liest Zeitung", sagt er und

der Kioskbesitzer schaut ihn verwundert an. Die Leute werden auch immer verrückter, wird er denken – dieser Gedanke lässt Jakob schmunzeln.

Leichten Schrittes kehrt er in seine Wohnung zurück, reißt alle Vorhänge auf, öffnet die Fenster und lässt endlich das Leben wieder hinein. Wieviel besser doch die frische Luft den Lungen tut, denkt Jakob, und spürt, wie sehr er all das eigentlich vermisst hat.
Die Kirschen schmecken himmlisch – wie aus einer anderen Welt – und ein wenig erinnern sie ihn an die Seifenblasen aus seinem Traum. Sie lassen ihn schweben – und das am helllichten Tag!

Jakob freut sich tagediebisch und verbringt den ganzen Tag damit, die Zeitung zu lesen. Ausgehungert verschlingt er jeden Artikel, jedes Wort. Alles interessiert ihn, so als gälte es, alles aufzuholen. Endlich alles aufzuholen …! Beim Umblättern segelt ein Flugblatt aus der Zeitung und landet sanft auf dem kargen Küchenfußboden.
Jakob bückt sich danach und plötzlich ergibt alles einen Sinn. Die Erinnerung kehrt mit einem Schlag zurück und Jakob weiß genau, was nun zu tun ist.

KOMMT!

KOMMT!

Seiltänzer, Gaukler & Feuerschlucker
TANDERADEI

– Der Zirkus kommt in Eure Stadt –

Kommt, Ihr Leute – groß und klein – in den Stadtpark und staunt: die Welt der Gaukler und Spielleute lädt Euch ein zu einem herrlichen Spektakel!

Vorstellungen im Zirkuszelt am Stadtpark jeden Nachmittag um 16.00 Uhr

Doch seht:
überall im Stadtpark findet Ihr uns – spielt mit uns, lasst Euch verzaubern, kommt und seht und staunt …!

**Der Zirkus kommt in Eure Stadt!
Eine bunte Welt zum Verrücktstaunen erwartet Euch!**

Wie oft schon hatte er sich gewünscht, mit dem fahrenden Volk davonzuziehen, in einem der bunten Wohnwagen zu leben, nachts begleitet von Grillenzirpen und Sternenfunkeln auf einer Lichtung oder Wiese Platz zu finden und den nächsten Tag mit einem frühen Bad im nahen See oder Fluss zu beginnen; zum Klang von Schalmeien und Tamburines in bunten Horden durch die Straßen der Stadt zu ziehen und auf ihrem Weg immer neue Menschen zu verzaubern …

Wie oft war er in seinen Träumen einer von ihnen gewesen, hatte die Welt vor dem Waggonfenster vorübergleiten sehen – nichts festhalten, nicht festgehalten werden –, hatte seinen Träumen Raum in einem Zirkuszelt gegeben ohne Angst, sie könnten ihm davonfliegen.
Er hatte davon geträumt, das Strahlen in den Augen aberhunderter großer und kleiner Kinder im eigenen Innern ein Feuer entfachen zu lassen – immer wieder aufs Neue. Eine Glut, die nie verglimmt, nie verschüttet wird.

Ewiges Feuer. Inneres Licht.

Beim Gedanken daran kribbelt seine Haut. Ein Prickeln und Flattern ist in ihm. Er kann nicht mehr still sitzen. Er springt auf und durchmisst die ganze Wohnung: Stube – Küche – Diele – und von vorn.

Nur nicht sitzen! Nur das Feuer nicht wieder verglimmen lassen!

Der Zirkus kommt in die Stadt!

DER GAUKLER

JONGLEUR

Da steht er, und mit viel Geschick
verzaubert er die Menge.
Ganz ruhig und konzentriert der Blick,
stört sich nicht am Gedränge,
das Tag für Tag um ihn entsteht
sobald der hochgewachs'ne Hühne
„Kommt! Er fängt an! Oh, seht!"
den Stadtpark macht zur Bühne.

Das Blätterdach sein Zirkuszelt,
er und sein Ballspiel Attraktion,
entführt er alle aus der Welt –
Applaus und Staunen sind sein Lohn.
Kinder, Onkel, alte Tanten,
selbst der Eisverkäufer schaut.
Ein Gänsepaar mit Anverwandten,
niemand seinen Augen traut:

Fünf kleine Bälle, manchmal mehr,
tanzen, fliegen, dreh'n im Kreis.
Er jongliert das Leben vor sich her
und macht für den Moment uns weis,
dass auch in uns – ganz wieder Kind –
Magie und Zauberkräfte weben
und wir höchstselbst die Künstler sind
in unserem eig'nen Leben.

Nur, dass im Lauf der Lebenszeit
die Bälle größer, schwerer scheinen,
und dass dabei die Leichtigkeit
verlorengeht. Man möchte meinen,
die Last der Jahre macht es schwer
das Leben zu jonglieren
doch um das JUNG geht's nicht so sehr –
man darf sich nicht VERLIEREN.

Gib Deiner Seele Flügelschlag
und lass sie mit den Bällen fliegen!
Flieg hinterdrein – genieß' den Tag
und lass' den Alltag liegen.
Streif' ab das Grübelkleid und tanz'
mit dem Leben, Deinem Glück –
so wirst Du wieder ganz …

… nimmst Du mich mit, ein Stück?

Fünf gläserne Kugeln trägt Jakob hinüber zum Park – dorthin, wo die Sonnenstrahlen tanzende Punkte auf das taufeuchte Gras malen. Durch die Bäume hindurch leuchten die Farben des Zirkuszelts, bunte Waggons haben am Waldrand eine Wagenburg gebildet. Es duftet nach frühem Tag, nach Abenteuer und Glück.
Und die Kugeln beginnen wie von selbst in seinen Händen zu schweben. Eine und noch eine, und die nächste – alle schweben sie empor, formen einen Kreis, der magisch durch seine Hände fliest. Kein Anfang und kein Ende.

Seine Hände folgen ihrem Rhythmus, nicht umgekehrt – auch wenn es für die ersten Menschen dieses frühen Morgens so aussehen muss. Erstaunt bleiben sie stehen, die Jogger, die Hundespaziergänger. Radfahrer steigen ab, und sie alle folgen hypnotisiert dem Kreislauf der Bälle in Jakobs Händen. Immer neue Figuren, immer neue Tempi – alles wie von selbst. Schwerelose Magie, die so lange im Verborgenen überlebt hat, tief in seinem Inneren nur auf diesen Moment gewartet hat. Endlich!

Es ist soweit – der Träumer ist zurück!

Jakob wird zum Welten-Zauberer. Er ist ein Gaukler, fahrendes Volk – endlich gehört er zu ihnen! Immer mehr bunte Gestalten beginnen nun, den Park zu bevölkern. So als hätte Jakob sie angelockt, beginnen auch sie ihr buntes Treiben in allen Winkeln und auf allen Wegen. Sie alle stimmen ein in ein lebendiges Ganzes, einen Traumtanz am helllichten Tage:

Eine Seiltänzerin, über deren Kopf ein seidenschimmernder Schirm gespannt ist, tänzelt auf den Spitzen ihrer Ballettschuhe mit einer zarten Verbeugung an Jakob vorüber und schenkt ihm ihr Lachen. Eine junge Akrobatin vollführt auf einem Zebra tollkühne Balanceakte und strahlt in die kleine Menge. Ein Stelzenläufer im Frack grüßt die Menschen mit erhobenem Zylinder, und zu alledem spielt ein alter Leierkastenmann altmodische Melodien. Ein Äffchen sitzt auf dem Leierkasten und sammelt die Münzen, die ihm die Menschen zustecken, klirrend in eine kleine Metalldose. Der Park ist erfüllt vom Raunen der Menschen, die immer neue Kunststücke der Harlekine, Feuerschlucker, Lufttänzer und Wolkenreiter bestaunen. Nicht sattsehen können sie sich!

Immer mehr Menschen kommen in den Park, angelockt von Musik und Schauspiel, lachend tollen Kinder umher und Jakob spürt: er lebt! So, wie er schon immer leben wollte. Hier ist seine Seele zuhause. Hier atmet sie, hier schlägt sein Herz so laut, dass alle es hören müssen –
ja: alle es hören SOLLEN!

Zwei farbenprächtige Harlekine mit geschminkten Gesichtern tragen einen großen, goldgerahmten Spiegel umher und fordern die Menschen überschwänglich auf, sich darin zu betrachten. Er verzerrt die Spiegelbilder – mal in die Länge, mal in die Breite – die Menschen lachen über sich ... Schließlich stellen die Harlekine den Spiegel auf der anderen Seite des Weges ab, gegenüber vom Jongleur mit den Glaskugeln. Mit pantomimisch übertriebenen Gesten schnaufen sie die Luft aus ihren Lungen und wischen sich den nicht vorhandenen Schweiß von den Stirnen.

Jakob wird von der Menge beklatscht, immer neue Kunststücke gelingen ihm – fast wie von selbst, ganz mühelos. Er jongliert und jongliert ... Ganz in seinem Tun versunken, fällt sein Blick in den Spiegel, und nun erkennt er den Mann, den er dort sieht:

Sein Spiegelbild zeigt den Alten aus seinen Träumen – schwarzer Anzug, weißes Hemd mit Fliege, so jongliert er nahezu schwerelos mit den gläsernen Seifenblasen um sich herum. Und fast scheint es, der Mann dort im Spiegel würde ebenfalls schweben …

Er selbst ist der Mann aus seinen Träumen! Der Mann, der ihm so vertraut war … und in seinen Augen entdeckt er das Leuchten des Jungen von damals – als seine Welt noch all die Farben hatte, die ihn nun wieder umgeben.

Es ist soweit – der Gaukler ist geboren!

Euch allen Dank,
dass auch ich ein Gaukler
unter Euch sein kann.

Epilog

Langsam setzt sich die kleine Kolonne bunter Zirkuswagen in Bewegung, rollt und rattert am Waldrand entlang und bricht auf zur nächsten Etappe ihrer Gauklerreise. Menschen stehen am Wegesrand und schauen ihnen nach, einige winken. Kinder laufen lachend neben den Waggons her, kreischen und kichern, weil ein Akrobat ihnen hinter einem der Fenster freche Gesichter schneidet. Gianni, der Stelzenläufer, steht in einer offenen Wagentür und winkt ihnen mit seinem Zylinder. Ein Harlekin wirft ihnen Bonbons zu. Dann schließen sich die Türen, und die kleine Gauklergemeinde ist wieder unter sich. Doch das Lachen der letzten Tage haben sie im Gepäck und tragen es mit sich – ihr größter Lohn für die unermüdlichen Darbietungen und Stunden voller Magie, die sie dem Publikum geboten haben.

Vor dem Fenster zieht die Welt an ihnen vorüber: Felder, Wiesen, kleine Wäldchen, Ortschaften, die sich tief in die Landschaft nesteln. Vogelschwärme begleiten ihren Weg, zwei Schmetterlinge taumeln an der Kolonne entlang – auch sie begleiten das fahrende Volk ein Stück.

Der Blick aus dem Fenster reicht bis zum Horizont und läßt die Gedanken frei und unbeschwert davonfliegen – ein Gefühl puren Glücks!
Mit einem tiefen Seufzer wandert Jakobs Blick durch den Waggon. An seiner Schulter ruht der Kopf der schönen Seiltänzerin, die ihren ganz eigenen Träumen nachgeht.

Die Reise hat begonnen.

Im Buchhandel erschienen

Stadtgezeiten
Als Buch- und eBook-Ausgaben

Diese heiter-besinnlichen Kurzgeschichten erzählen voller Intensität und Dichte vom Stadtleben. Wir begegnen besonderen Charakteren an unterschiedlichen, ganz alltäglichen Orten, erleben Unerwartetes und Magisches ebenso wie Heiteres und Skurriles. Wir begleiten Menschen ein Stück ihres Weges durch die Stadt und entdecken eine Welt, die hinter Stein und Beton, Stadtautobahn und Untergrund liegt – eine Welt voller Träume, Sehnsüchte und Enttäuschungen.

Buch (Hardcover)   ISBN 978-3-7322-3235-2
140 Seiten – 16,75 €

Buch (Paperback)   ISBN 978-3-7322-3908-5
140 Seiten – 11,50 €

eBook   ISBN 978-3-8482-9256-1
140 Seiten – 10,99 €

Strandgut – Geschichten mit Meerblick
Als Buch-, Hörbuch- und eBook-Ausgaben

Die zwei bisher veröffentlichten Bände sind stimmungsvolle Sammlungen besinnlicher Kurzgeschichten von Menschen und ihren Meeren. An Schauplätzen überall auf der Welt – kleinen Fischerdörfern, stillen Stränden, einsamen Landschaften, verwitterten Leuchttürmen – fügen sich Gischt und Meeresrauschen zusammen mit den Schicksalen und Alltäglichkeiten verschiedener Menschen, ein wenig Magie und viel Poesie …
Strandspaziergänge der besonderen Art.

Band 1 – Buch   ISBN 978-3-8391-5625-4
140 Seiten, gebunden – 16,75 €

Band 1 – Hörbuch   ISBN 978-3-00-030591-7
Lesung, 2 CDs – 12,75 €

Band 2 – Buch   ISBN 978-3-8423-4720-5
140 Seiten, gebunden – 16,75 €

Beide Ausgaben sind auch als eBook erhältlich

Nur online erhältlich

Exklusive Mini-Buch-Edition
Sechs Kurzgeschichten sind bisher erschienen

- » Schattenbilder
- » Himmelslöcher
- » Barista
- » Ein Stern für Paul
- » Lichterweihnacht
- » Die magische Uhr

Geschichten zum Nachspüren.
Geschichten zum Verschenken.

Format 10,5 x 10,5 cm

Diese kleinen Geschenkbüchlein sind nicht im regulären Handel crhältlich!

Alle Infos zur Bestellung unter
www.karin-buchholz.com/shop/

Karin Buchholz

Autorin – Kolumnistin – Leuchtturmbewohnerin.

Die Erfinderin des Gauklers lebt und arbeitet in einem stillgelegten Leuchtfeuer an der Ostsee und ist eine passionierte Geschichtenerzählerin. In ihren Kurzgeschichten erzählt sie Heiteres und Besinnliches aus der ganzen Welt, berichtet vom Glück der kleinen Dinge und der Magie des Augenblicks.

Jedes Jahr heißt es auch für Karin Buchholz „*Manege frei*", wenn sie auf Lesereise durch ganz Norddeutschland geht.

Mehr Informationen auf
www.karin-buchholz.com